ADAPTED BY / ADAPTADO POR
Teresa Mlawer

ILLUSTRATED BY / ILUSTRADO POR
Olga Cuéllar

Jack and the Beanstalk

Juanito y los frijoles mágicos

chosen spot
publishing

Once upon a time there was a widow who lived with her only son in a small cabin in a forest. Jack and his mother were very poor; they had lost the little that they had to a giant who stole from all the neighbors in the village. The only thing they had left was a cow that gave them enough milk and cheese to survive.

Había una vez una viuda que vivía con su único hijo en una pequeña cabaña en un bosque. Juanito y su madre eran muy pobres, pues habían perdido lo poco que tenían a un gigante que robaba a todos los vecinos del pueblo. Lo único que les quedaba era una vaca que les daba suficiente leche y queso para sobrevivir.

One day, the cow, already old, could not give more milk. Jack's mother asked him to take the cow to the market to see if he could sell her. Jack tied a rope around the cow's neck and happily went to the town. Along the way he met a rancher.

"Where are you going with that cow?" asked the rancher.

"I'm going to the market to sell her," replied Jack.

Un día, la vaca, ya envejecida, dejó de dar leche. La mamá de Juanito le pidió que la llevara al mercado para ver si podía venderla. Juanito le amarró una cuerda al cuello y, muy contento, se fue al pueblo. Por el camino se encontró con un ganadero.

—¿A dónde vas con esa vaca? —le preguntó el ganadero.

—Voy al mercado a venderla —respondió Juanito

Upon hearing this, the rancher pulled out five beans that he had in his pocket and said:

"These are magical beans. If you plant them at night, by the following morning a plant will have grown as tall as the sky. I'll trade the beans for your cow."

Jack thought it was a good deal, so he gave the rancher the cow in exchange for the beans, and happily hurried back home.

Al escuchar esto, el ganadero sacó cinco frijoles que tenía en el bolsillo y le dijo:

—Estos frijoles son mágicos. Si los plantas por la noche, a la mañana siguiente habrá crecido una planta tan alta como el cielo. Te cambio los frijoles por tu vaca.

Juanito pensó que era un buen trato, así que le dio al ganadero la vaca a cambio de los frijoles y, muy contento, regresó a su casa a toda prisa.

When his mother saw what he had done, she was so upset that she threw the beans out of the window and started crying inconsolably.

That night, Jack went to bed without supper.

Cuando su mamá vio lo que había hecho, se disgustó tanto que tiró los frijoles por la ventana y se puso a llorar desconsoladamente.

Esa noche Juanito se fue a la cama sin cenar.

But when Jack woke up in the morning, he was surprised to see
that the beans had sprouted and a huge stalk had grown, with
many branches reaching up to the sky. Full of curiosity, he started
climbing the branches, reaching higher and higher until he arrived
at a beautiful place where he saw a marvelous castle. He came close
to a window and saw a giant and his wife seated at a table, ordering
a hen to lay a golden egg.

Pero cuando Juanito se despertó en la mañana, se llevó una gran sorpresa al ver que los frijoles habían germinado y había crecido un enorme tallo, con muchas ramas que llegaban hasta el cielo. Lleno de curiosidad, comenzó a trepar por las ramas y cada vez subía más y más hasta que llegó a un hermoso lugar donde vio un castillo maravilloso. Se acercó a una ventana y vio a un gigante y su esposa sentados a una mesa, ordenando a una gallina que pusiera un huevo de oro.

Since he was very hungry, Jack knocked on the door and asked the lady to give him something to eat. The lady, who had a good heart, told him to come in but to hide until her husband took a nap.

As soon as the giant fell sleep, the lady gave Jack a glass of milk and cookies. He had hardly finished eating when the giant woke up very agitated and said:

I smell a child's meat.
A child I'd like to eat.
Dinner will be luscious...
From hair to bones, delicious!

Como tenía mucha hambre, Juanito tocó a la puerta y le pidió a la señora algo de comer. La señora, que tenía buen corazón, le indicó que entrara pero que se escondiera hasta que su esposo durmiera la siesta.

Tan pronto el gigante se durmió, la señora le sirvió a Juanito un vaso de leche y galletitas. Apenas había terminado de comer cuando el gigante se despertó muy agitado y dijo:

Huele a niño, a carne humana.
Comería de buena gana.
Será una cena sabrosa.
Hasta la piel, ¡deliciosa!

Jack, very frightened, picked up the hen, put her in a bag, jumped out the window and descended the stalk rapidly until he reached the ground.

His mother was very happy when she saw the hen that laid golden eggs. Now they could sell the eggs to buy food.

Time went by and, one day, the hen stopped laying eggs. Jack had to climb the stalk once more to reach the castle and find other riches so that they could eat.

Juanito, muy asustado, agarró la gallina, la metió en una bolsa, saltó por la ventana y descendió rápidamente por el tronco hasta llegar al suelo.

Su mamá se alegró mucho cuando vio la gallina que ponía huevos de oro. Ahora podrían vender los huevos para comprar comida.

El tiempo pasó y, un día, la gallina dejó de poner huevos. Juanito tuvo que subir por el tallo una vez más para llegar al castillo y buscar otras riquezas para que pudieran comer.

This time, when Jack got closer to the window, he saw that the giant was counting gold coins that he was taking out of a big leather sack.

Again he entered the house with the help of the giant's wife, and as soon as the giant fell sleep, Jack took the opportunity to snatch the sack with the coins and quickly made his way down the stalk until he reached his house.

Now he and his mother would have enough money to live for the rest of their lives.

Esta vez, cuando Juanito se acercó a la ventana, vio que el gigante contaba monedas de oro que sacaba de un gran saco de cuero.

Nuevamente entró a la casa con la ayuda de la esposa del gigante y tan pronto este se durmió, Juanito aprovechó para agarrar el saco de las monedas y bajar rápidamente por el tronco hasta llegar a su casa.

Ahora él y su mamá tendrían suficiente dinero para vivir el resto de sus días.

However, Jack could not stop thinking about the castle and the treasures and adventures hidden behind its doors. So he decided to climb the stalk and reach the castle one last time.

When he approached the window, he saw that the giant was taking a nap and next to him was a golden harp that was playing a beautiful melody without anyone touching the chords. He decided to go in and hide but soon fell sleep with the sound of such beautiful music.

Sin embargo, Juanito no podía dejar de pensar acerca del castillo y de los tesoros y las aventuras escondidas detrás de sus puertas. Así que decidió subir por el tallo y llegar al castillo una última vez.

Al acercarse a la ventana, vio que el gigante dormía una siesta y que a su lado un arpa dorada tocaba una bella melodía sin que nadie tocara sus cuerdas. Decidió entrar y esconderse pero pronto se quedó dormido con el sonido de tan bella música.

Suddenly, the giant woke up and started screaming:
"Wife, tell me, where have you hidden that child now?"
"What child are you talking about? There is no child here."
Furious, he shouted again:

I smell a child's meat.
A child I'd like to eat.
Dinner will be luscious...
From hair to bones, delicious!

De repente, el gigante se despertó y comenzó a gritar:

—Dime mujer, ¿dónde has escondido a ese niño ahora?

—¿De qué niño hablas? Aquí no hay ningún niño.

Furioso, volvió a gritar:

Huele a niño, a carne humana.
Comería de buena gana.
Será una cena sabrosa.
Hasta la piel, ¡deliciosa!

While the giant and his wife were arguing, Jack grabbed the harp, jumped out the window, reached the stalk and started going down rapidly.

However, this time, and to his surprise, he saw that the giant was following him very closely.

When Jack was close to the ground, he called out to his mother:

"Mother, hurry up, bring an axe! The giant is coming after me."

As soon as Jack reached the ground, he took the axe and, with one hard blow, he cut down the stalk, and the mean giant crashed to the ground.

Mientras el gigante y su esposa discutían, Juanito agarró el arpa, saltó por la ventana, llegó al tallo y empezó a descender rápidamente.

Sin embargo, esta vez, y para su asombro, vio que el gigante lo perseguía muy de cerca.

Cuando Juanito estaba muy cerca del suelo, le gritó a su mamá:

—Mamá, ¡apúrate, busca un hacha! ¡El gigante me persigue!

En cuanto Juanito tocó el suelo, agarró el hacha y, de un gran tajo, cortó el tallo y el malvado gigante se estrelló contra el suelo.

Jack and his mother shared the gold coins with their neighbors, and, from that day on, they all lived happily and in harmony.

Juanito y su mamá compartieron las monedas de oro con sus vecinos y, desde ese día, todos vivieron felices y en armonía.

FOR INFORMATION, PLEASE CONTACT CHOSEN SPOT PUBLISHING, P.O. BOX 266, CANANDAIGUA, NEW YORK 14424.

ISBN 978-0-9883253-6-4   10 9 8 7 6 5 4   PRINTED IN HONG KONG